중박잡문

숨 시리즈 7
중박잡문
국립중앙박물관 잡문

김혜린

아름다움

작가의 말

나의 건강한 관계들에게 감사합니다.

2020년 여름
김혜린

차례

작가의 말

1부 멀리서 본 것

총석정도 11
백자 달 항아리 16
금강내산총도 21
청동 은입사 물가풍경무늬 정병 26
청자 상감 구름학무늬 매병 31

2부 가까이서 본 것

연리문 개구리형 모자 연적 39
가지무늬 토기 44
매화나무 위의 조는 새 49
백자 무릎 모양 연적 53
참새와 고양이 55

3부 안 보이는 것

부석사 괘불 61
반가사유상 65
윤봉길 의사 이력서 및 유서 70
15년 전 구룡폭포 73
방상시 탈 79

4부 봐도 모르겠는 것

백자 철화 끈무늬 병 85
고려 청자 연리무늬 합 90
충주 정토사터 홍법국사탑 93
청자 투각 칠보무늬 향로 97
백자 철화 토끼 모양 연적 102

참고 문헌

일러두기

『중박잡문: 국립중앙박물관 잡문』에 실린 모든 삽화는 저자가 직접 그렸습니다. 그중 일부 저작물은 공공누리 제1유형 및 제4유형에 따라 국립중앙박물관(https://www.museum.go.kr)의 공공저작물을 참고했습니다. 특히 제4유형에 해당하는 저작물의 경우, 사전에 국립중앙박물관으로부터 소장품 이미지 복제 허가를 받았음을 밝힙니다. 구체적인 참고 목록은 본문 맨 뒤에 기재했습니다.

1부
멀리서 본 것

총석정도

그는 우편함을 열어 보았다. 미끌미끌한 종이에 색색이 인쇄된 백화점 전단지였다. 돈 좀 썼겠네, 생각하며 슬쩍 들여다보니 〈봄맞이 계절 강좌〉라는 인쇄물이 끼어 있었다. 집에 도착해 식탁에 앉아 인쇄물을 살폈다. 엑셀 중급, 바이올린, 동화 구연 따위의 목록을 내려다보다 〈어린이 강좌〉에 눈길이 갔다. 그에게는 두 아이가 있었다. 노 오븐 베이킹, 젠가, 바른 젓가락 쓰기…. 그는 볼펜으로 동그라미를 쳤다. 그리고 장 봐온 냉동식품을 냉장고에 넣었다.

몇 주 후, 그는 생전 처음 백화점을 찾았다. 백화점에 문화센터 공간이 있다는 것도 직원의 안내를 통해 알았다. 문화센터 층은 사람이 없고 복도가 길었다. 그는 심호흡하고 823호 문을 열었다. 와- 아이들 목소리가 호실이 떠나가라 울렸다.

여기 말고는 큰 소리 낼 데도 없으니까. 직원이 다가와서 물었다.

"성함이 어떻게 되시죠?"

직원은 다시 한 번 물었다.

"아동 분 성함이랑 보호자 분 전화번호 알려 주세요."

"아동 분은 없고 저뿐인데요…."

"네? 여기는 '바른 젓가락 쓰기' 교실인데요."

"전화로 문의하니까 강사 분이 성인도 받아 주신대서…."

직원은 웃으며 자리로 안내해 줬다. 그는 그게 무슨 웃음인지 굳이 해석하지 않았다.

강사는 십여 분 지각했다. 그는 미안하단 말 한마디 없이 앞으로 나와 줄을 서라고 했다. 선생님을 기준으로 왼손잡이이면 왼쪽, 오른손잡이이면 오른쪽. 그는 오른쪽 줄에 섰다. 보호자들과 아이들이 흘끔흘끔 쳐다봤다. 강사가 그를 부르며 쩌렁쩌렁하게 말했다.

"본인이 배우신다는 분 맞죠? 죄송한데 제가 성인용 교정 젓가락은 왼손용밖에 안 가지고 와서요. 푸드 코트에서 일반 젓가락 빌려 올 테니 오늘만 그걸로 연습하시겠어요?"

"아…. 그럼 왼손용 젓가락으로 주세요."

"회원님 나이에는 오른손 습관이 들었으면 왼손에 힘이 안 들어가실 거예요. 오늘은 일반 젓가락도 괜찮아요."

"그냥 주세요. 어렸을 땐 왼손잡이였어요."

강사는 씩 웃으며 여전히 큰 목소리로 말했다.

"아, 저도 그랬어요. 그럼 이거 받아 가세요."

강사 말대로 첫 주차는 젓가락이 별로 중요하지 않았다. 그는 아이들에게 고급 과자를 물리더니 〈젓가락의 힘, 올바른 젓가락질의 중요성〉이란 영상을 틀어 주었다. 실습은 아이들이 하나둘씩 칭얼댈 때쯤 시작했다. 동요에 맞춰 딱, 딱 젓가락질하는 활동이었다. 옆자리 어린이가 조그마한 목소리로 말을 걸었다.

"이거 유치원에서 다 하는 건데. 옛날에도 유치원 때 이런 거 했어요?"

그는 빙그레 웃으며 대답했다.

"다닌 지 너무 오래돼서 모르겠는걸."

그는 성실히 수업에 임했다. 보호자들과도 이야기를 나눴지만 제일 친해진 건 말을 걸어 준 어린이였다. 수업 마지막 날, 그는 알록달록한 종이 두 장을 받았다. 강사가 준 졸업장과 어린이 친구가 준 색종이 편지. 편지엔 두 사람이 젓가락을 들고 있는 그림과 친구의 부모님이 써 줬을 집 주소가 적혀 있었다.

"꼭 편지해요!"

그는 엘리베이터 문이 닫힐 때까지 친구에게 손을 흔들었다. 다음번에는 꼿꼿이 수업을 들을 예정이었다.

문화재 해설: 총석정도

〈총석정도〉에 묘사된 돌기둥들은 삼각형을 이루며 첩첩이 세워져 있습니다. 각 기둥의 아랫부분은 희게, 윗부분은 어둡게 그려 상승감이 느껴집니다. 가는 붓으로 일일이 선을 그어 기둥 표면의 질감을 묘사했는데, 실제 기둥의 윤곽을 고려하여 각 기둥의 꼭대기를 다르게 그린 점이 돋보입니다.*

*국립중앙박물관, 『우리 강산을 그리다: 화가의 시선, 조선시대 실경산수화』, 국립중앙박물관, 2019, 18쪽

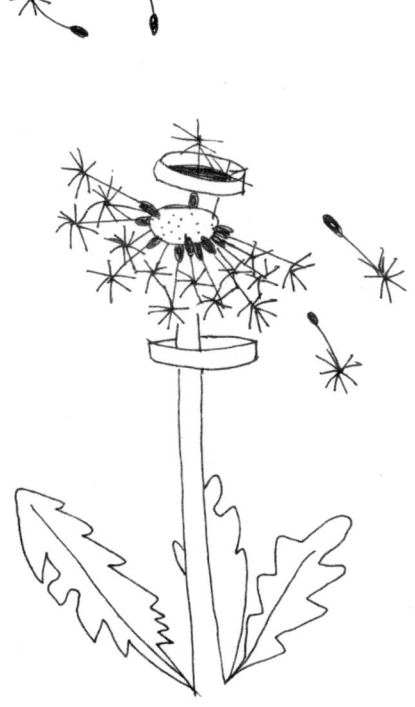

백자 달 항아리

그는 별안간 외계 친구를 데리고 나타났다. 외계 친구가 말했다.

"우리는 달에 갈 거야."

그가 말을 보탰다.

"달에 가서 민들레 홀씨를 불 거야. 흰 달을 노랗게 만들었다가 다시 하얗게 만들래. 이제 보도블록에서 밟혀 죽은 민들레는 보고 싶지 않아."

얼결에 나도 달에 가게 되었다. 짐꾸러미에 그를 위한 사료를 챙기며 외계 친구에게 어디서 왔냐 물었다. 외계 친구는 태양계에서 벗어난 곳은 아니라 했다. 그러곤 그의 눈치를 살피며 귓속말을 했다.

"점을 쳤는데 저 강아지 친구가 슬픈 눈을 하고 있더군. 그래서 조금 도와주러 왔어."

나는 그에게 미안해졌다. 민들레를 짓밟은 부류에는 나도 속해 있겠지.

지구에서 달까지는 아주 멀었다. 외계 친구는 태양계 안의 행성 지름을 다 합친 길이보다 멀다고 말했다. 우리는 점도 치고 악기도 연주하며 시간을 보냈다. 그러다 쉬고 싶으면 대화를 하곤 했다.

그가 눈을 빛내며 말했다.

"민들레 홀씨를 부는 건 이번이 처음이야. 어떤 기분이든 다 포용할 수 있어. 나는 다 기억할 거야."

우리는 달에 도착했다. 그러나 달에는 민들레가 없었다. 그와 외계 친구는 그 사실을 알고 있었나 보다. 그들은 노래를 부르며 가져온 홀씨를 묵묵히 심었다.

울퉁불퉁한 것에는 사연이 있지
울퉁에도 사연
불퉁에도 사연
그래서 달 항아리에도 사연이 있지

처음 듣는 노래였다. 나는 따라 부르고 싶은 마음이 전혀 없었다. 이런 불모지에서 처음부터 시작이라니.

"지금 달을 민들레로 덮으려는 시도를 하는 거야? 민들레 홀씨를 부는 건 그만큼의 노력을 들일 일은 아닌 거 같아. 내가 불어 봐서 알잖아. 그냥 순식간에 지나가는 일인걸. 지구에도 잡초가 무성한 곳이 많을 거야."

그는 내 쪽으로 고개를 돌리더니 더 크게 노래를 불렀다.

울퉁불퉁한 것에는 사연이 있지
울퉁에도 사연
불퉁에도 사연
그래서 달 항아리에도 사연이 있지
왜 동그라미가 아니냐 물으면 안 되는 거야

사연? 그에게 민들레 꽃에 대한 사연이 있었나? 그의 일생은 나와 함께였다. 나는 그와 산책하던 나날을 되짚어 봤다. 내 생각을 어떻게 읽었는지 외계 친구가 고개를 내저으며 말했다.

"그게 아냐. 앞으로 만들 사연을 생각해야지."

나는 자라나는 민들레의 사연과 홀씨를 날려 보내는 그의 사연, 날아간 홀씨가 앞으로 만들 사연을 생각해 봤다. 그 일을 해봤다고 말하는 건 오만이었다. 사과의 뜻으로 그의 옆에 다가가 노래를 불렀다.

달 항아리 만드는 법을 아니
두 그릇을 합쳐서 만드는 거야
그래서 울퉁불퉁해진 거란다

그는 씩 웃으며 꼬리를 흔들었다. 적막한 우주에 그거 하나면 충분했다.

문화재 해설: 백자 달 항아리

경기도 광주 금사리 가마를 중심으로 만든 백자에 '달 항아리'라는 애칭이 붙은 이유는 그 모양이 둥근 달을 연상시키기 때문입니다. 커다란 대접 두 개를 만든 다음 접합했기 때문에 모든 달 항아리에는 가운데 잇댄 자국이 있습니다. 이로 인해 형태가 비대칭적입니다.*

---

*국립중앙박물관, 『국립중앙박물관 핸드북』, 국립중앙박물관, 2014, 156쪽

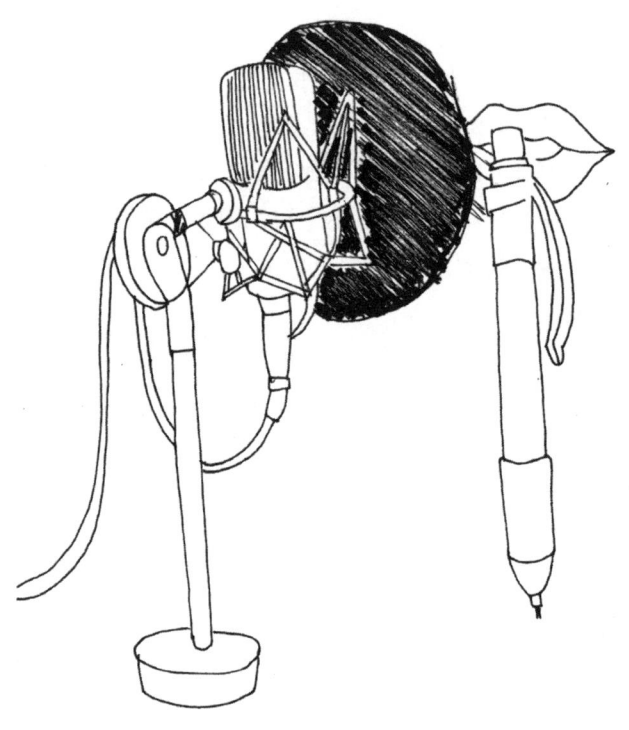

금강내산총도

라디오를 듣는다고 하면 모두가 의아해한다.
"아직도 라디오를 듣는 사람이 있다고?"
영상물의 시대에 라디오는 살아 있다. 라디오는 주목받지 못한 채 언제나 건재하다. 영원한 비주류.

누군가 내 어깨를 탁! 쳤다.
"너 지금 라디오 듣고 있지?"
아직 낯을 못 익힌 우리 반 아이.
"너 혼자 배실배실 웃고 있는 거 알아? 나도 그거 들어. 그런데 지금 뭐 쓰고 있는 거야?"
일기장에 라디오 찬가를 쓰고 있었다. 어느새 그 아이는 내가 쓴 글을 읽고 있었다. 나는 공책을 가리지 않았다.

"이 구절은 영원한 비주류보다는 '영원한' '비주류'라고 쓰는 게 맞지 않아? 영원하고 또 비주류라는 뜻이잖아."

나는 그 아이를 멍하니 올려다보았다. 인생의 친구를 만난 것이다. 그날부터 우리는 야간 자율 학습 시간에는 몰래 라디오를 듣고, 하교 때는 언덕을 내려오면서 오늘의 감상을 말하는 사이가 되었다. 나는 공책에 라디오 찬가를 연재하고, 그 친구는 편집자이자 독자가 됐다. 어떨 땐 공동 창작자이기도 했다.

나는 밤 8시~10시 편성의 라디오를 좋아한다. 오후 2시~4시의 신남과 오전 2시~3시의 차분함 사이의 발랄함 때문일까. 시간대마다 모든 방송이 비슷한 분위기지만 꼭 한 방송만을 고집해야 하는-

"우리가 만난 것도 밍DJ 덕분이잖아. 그 이야기도 써."
"너 만난 건 새로 쓸 거야. 오늘은 시간대에 관해서 쓴 거라고."
"나는 빨리 등장하고 싶은데."

나는 아랑곳하지 않고 내 속도대로 썼다. 내 옆에서 칭얼대는 아이가 나오려면 3화는 더 기다려야 했다. 그 3화 모두 밍DJ에 관한 내용이었다. 나는 밍DJ가 '뭉게라'의 첫 방송을

할 때부터 들은 애청자였다. 안녕하세요. 뭉게뭉게 라디오의 밍DJ입니다- 라디오 방송을 처음 맡았다는 그의 떨리는 목소리, 익숙해지고 나서야 빛나던 또랑또랑한 목소리, 재기발랄한 입담, 우리만의 파격적인 유행어와 줄임말, 함께 웃고 울었던 날들, 사실 3화 만에 담아 낼 수 있을지도 의문이었다.

밍DJ는 빠짐없이 그 자리에 있다. 우리는 24분의 2를 같이 한다. 그 속에선 뭐든지 숨길 수 없어진다. 내가 길을 가다 밍DJ에게 인사를 하면 아마 놀라겠지. 하지만 내가 뭉게인이라는 걸 알면 날 꼭 끌어안아 줄 거다.

글 쓰던 와중에 누군가 말을 걸었다. 나의 애독자 친구가 밍DJ의 열애 발표를 알려 주었다. 나는 소리를 꽥 질렀다. 그리고 부르짖었다.
"어떻게 뭉게인들을 감쪽같이 속일 수 있어! 우린 매일을 같이 보냈는데!"
다들 이상하단 눈으로 쳐다보았다. 친구도 나를 말렸다. 나는 친구를 향해 말했다.
"이해가 안 돼. 남들에겐 비밀로 해도 우리에겐 귀띔이라도 해 줘야 하는 거 아냐? 너랑 나 사이에 비밀이 없듯이 밍DJ도 우리에게 그래야지!"

친구는 머뭇거리다 말했다.

"그만해. 방송에서 어떻게 연애 사실을 밝히겠어. 그리고 나도 너에게 말 못 한 게 있어. 나는 라디오 애청자라서 너랑 친해진 게 아니야. 작년 백일장에서 널 보고 친해지고 싶었어. 그래서 라디오로 말을 건 거야. 누가 너 라디오 좋아한대서."

그 뒤로는 아무 소리도 들리지 않았다. 성숙해진다는 건 이런 거였다.

문화재 해설: 정선의 금강내산총도

정선은 금강내산을 그린 그림에서 대상을 크게 부각시키고 빽빽한 구도를 사용했습니다. 또 조선시대 지도의 영향을 받아 산봉우리마다 명칭을 적고 길을 표시했습니다. 이 그림은 정선이 사경산수와 회화식 지도의 전통에 근거하여 '진경산수화'라는 새로운 양식을 개척했음을 보여 줍니다.*

*국립중앙박물관, 『국립중앙박물관 100선』, 국립중앙박물관, 2006, 99쪽

청동 은입사 물가풍경무늬 정병

 그가 다니는 학교는 넓었다. 학교를 오래 다닌 사람이라면 자기만의 비밀 장소 하나쯤은 있었다. 그도 그만의 장소를 마련해 두었다. 도서관 가는 길의 샛길. 단풍이 예뻤다. 인적이 드문 것도 마음에 들었다. 학교 사람들을 떠봐도 도통 모르는 눈치였다. 그는 가을이면 그 길을 들르곤 했다. 강의실과 반대쪽이었지만 아무렴 어떤가. 단풍을 보다가 나른해지면 앉기도 하고, 눕기도 하고, 단풍을 귀에 꽂아 보거나 전공 책에 끼워 보기도 했다. 단풍에 취해 강의를 빼먹는 날이 있는가 하면, 단풍의 힘을 빌려 씩씩하게 강의실에 입장하는 날도 있었다. 다들 벚꽃 명소는 눈에 불을 켜고 찾아다녔지만, 단풍에는 애를 쓰지 않았다. 그만의 장소에서 그는 손가락을 펴고 자신의 손을 들여다보았다. 그럴 때면 몸 전체에 윤곽선이 생겼다. 세상과 나를 구별 짓는.

그렇게 흘러가는 생활에 방점 하나가 찍혔다. 학교 친구가 생긴 것이다. 친구 씨는 정사각형의 앞니가 돋보이는 웃음으로 사람을 끌어들이는 사람이었다. 그는 혼자 있는 와중에 틈틈이, 친구 씨는 사람들에게 둘러싸여 있는 틈틈이 서로를 만났다. 혼자 어딜 그렇게 다니냐는 친구 씨의 말이 껄끄럽지 않아졌을 때, 그는 비밀 장소를 공개했다. 친구 씨는 커다란 웃음으로 화답했다. 잘 익은 단풍 밑에서 친구 씨가 고백했다.

"저도 저만의 공간이 있어요."

그들은 자리에서 일어났다. 친구 씨의 손을 잡고 졸래졸래 쫓아간 곳은 교내 큰 길가의 가로수 밑이었다. 친구 씨는 옹이구멍을 가리키며 말했다.

"제 비상식량이에요."

옹이구멍 안의 노란 부채꼴 모양 버섯. 그의 한쪽 입꼬리가 둥글게 말려 올라갔다.

"무슨 요리를 만들고 싶어요?"

"아직 못 정했어요. 그러고 보니 막상 요리해 본 적이 없네요."

"그럼 저랑 뭘 담가 보는 건 어때요? 제 단풍잎도 이용해서 김치나 장아찌 같은 걸 담그는 거죠. 학교 안에 있는 재료로 말이에요."

"좋아요! 무슨 음식을 만들 수 있을까?"

그러나 학교에서 구할 수 있는 재료는 많지 않았다. 쑥과 민들레로 보이는 풀만 뽑던 그들은 잔디밭에 굴러다니는 먹다 남은 술로 약술을 담그기로 했다. 마침 축제 기간이라 널린 게 술이었다. 대책 없이 술을 모으다 보니 생각지 못한 문제가 생겼다. 약술을 담을 용기를 구하지 못한 것이다. 친구 씨는 다른 친구들이 하는 축제 주점으로 들어갔다. 여차저차한데, 저 대용량 소주 통, 버릴 거면 우리 줄 수 있어? 그들은 기꺼이 빈 통을 건네주었다. 옆에 있던 사람들이 물었다. 쟤한테 왜 저걸 줘? 그건 말이지, 여차저차해서... 오! 재밌겠다! 구경하러 가야지! 그렇게 줄지어 사람들이 따라붙고, 그 사람들을 보고 다른 사람들이 사정을 묻고, 그럼 줄이 더 길어지는데, 그중에 취하지 않은 사람은 친구 씨뿐이었다. 친구 씨를 기다리던 그는 긴 행렬에 당황했다. 친구 씨도 난처한 표정이었다. 제일 취한 이가 숟가락을 들고 소리쳤다. 여러분은 역사의 현장에 계십니다. 이 둘의 재기발랄한 발상은 학교의 전통이 될 것입니다. 모두 이 소주 통에 자신의 추억을 넣어주십시오! 와- 모두가 떼를 지어 뭔가를 하나씩 던졌다. 냄새 나는 것들과 딱딱한 것들이 통을 더럽히고 깨부쉈다. 소주는 줄줄 새고 누군가는 오줌을 눴다. 그는 단풍과 버섯과 각종

풀을 들고 어쩔 줄 몰라 했다. 그는 이게 바로 대학이네, 청춘이네, 하는 소리가 들리지 않는 자기만의 장소로 갔다. 그리고 그 잡동사니들을 조용히 묻었다.

문화재 해설: 청동은입사포류수금문정병

정병은 부처님 앞에 깨끗한 물을 바치는 공양구였습니다. 『법화경法華經』에 의하면 원래 승려가 지녀야 할 18지물의 하나로, 점차 불전에 바치는 물을 담는 데 쓰였다고 합니다. 정병의 표면은 청동 녹으로 덮여 있는데, 은으로 입힌 무늬와 잘 어우러집니다.*

*국립중앙박물관, 『국립중앙박물관 핸드북』, 국립중앙박물관, 2014, 134쪽

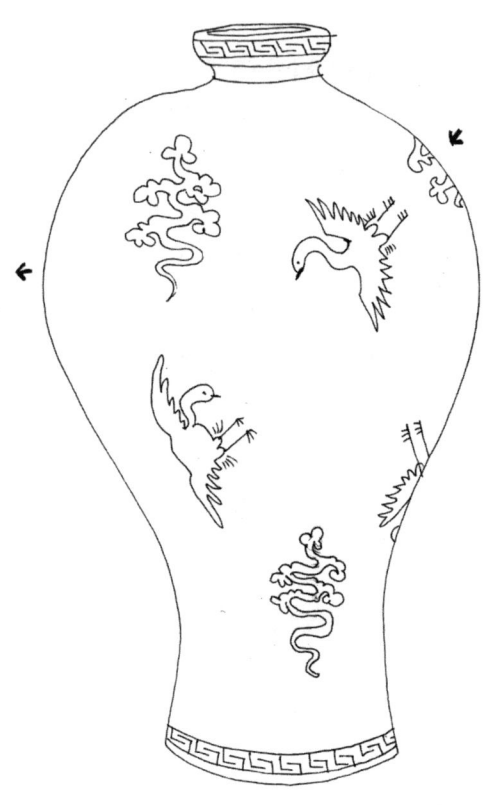

청자 상감 구름학무늬 매병

정성껏 화장했다. 치장보다는 주술적인 행위였다. 짝사랑 모임에선 마음껏 간절함을 내비칠 수 있었다. 오늘 모임 과제는 '먼저 연락하기'. 짝사랑의 연락처는 종류별로 안다. 상황이 문제였다. 모든 게 어긋나고 종료된 듯이 보이는 관계. 하지만 짝사랑은 매번 꿈에 나타난다.

연락한 지 세 시간이 지났는데 답이 오지 않았다. 핸드폰이 축축해졌다. 숨 좀 돌리기 위해 단골 찻집으로 갔다. 찻집 〈타로 보는 언니〉.

"왼손으로 나의 현재 상황 한 장, 상대방이 바라보는 나 한 장, 상대방의 현재 마음 상태 한 장, 앞으로의 결과 한 장을 뽑아 봐요. 보자, 나는 지금 매우 초조해하고 있어요. 내가 가진 걸 어떡하지? 잔뜩 위축된 표정이에요. 그에 비해 상대방이 보는 나는, 이건 마법사 카드인데, 아주 매력적인 카드예요. 신기하게 상대방의 현재 마음이랑 연결이 되네요. 이 카드에는 사람과 막대기가 많이 그려져 있죠? 둘이 조합해 봤을 때 상대방은 '아, 얘는 아주 인기가 많아, 내가 다가가기엔 높아 보여.'라고 생각해요. 먼저 다가와 주길 바랄 수도 있다는 거야. 그리고 앞으로의 결과 카드에서 죽음 카드가 나왔을 때, 표정이 굳어지셨는데, 이 카드는 좋은 카드예요. 타로에서는 죽음을 새로운 삶을 준비하는 의미로 보거든요. 지금까지의 관계를 버리고 새로운 국면으로 접어들 수 있다고 말하고 있어요. 아니, 오늘 카드가 왜 이렇게 다 좋지? 결과 나오면 저도 꼭 알려 줘요. 벌써 가세요? 놀다 가시지. 그래요, 잘 가고, 계좌 번호는 계산대에 적혀 있어요."

계산대에서 핸드폰을 여니 짝사랑이 메시지를 읽은 상태였다. 답장은 없었다. 짝사랑이 한 연락이라고 착각한 다른 문자는 짝사랑 모임에서 온 공지였다.

'다수 모임원들의 의견에 따라 오늘 모임의 주제는 〈포기〉로 변경되었습니다. 변경 전 주제인 〈먼저 연락하기〉 과제는 따로 발표하지 않겠습니다.'

모임 전까지는 세 시간이 남았다.

모임 인원 중 절반 정도가 참석했다. 참여 인원 모두 수년

간 짝사랑을 한 사람들이었다. 한 사람이 한숨과 헛웃음을 연이어 내비치더니 대화 문을 열었다.

"제가 이 사람을 왜 좋아하게 됐나 알게 됐어요. 어렸을 때부터 저는 갖고 싶은 것은 가져야 직성이 풀렸거든요. 그래서 못된 짓도 많이 하고 그랬죠. 그런데 이 사람은, 내가 해를 끼치거나 그래도 제 옆에 못 두는 거예요. 인생이 저한테 욕심부리지 말라고 하고 싶었나 봐요. 이루지 못하고 끝나는 인연도 있다는 교훈을 주고 싶었던 거죠. 저는 짝사랑 덕분에 성숙해졌어요."

누군가 코맹맹이 소리를 내며 말허리를 잘랐다.

"그럼 지금 미련도 없으세요?"

그는 모두의 이목이 쏠리자 급하게 말을 이었다.

"시비 걸려는 의도는 아녜요. 궁금해서요. 저는 제가 이렇게 간절한데 이루어지지 않을 수도 있다는 게 믿기지 않아요. 사실 그게 이유가 안 된다는 거 저도 잘 알아요. 저도 아는데, 그냥 자꾸 확신이 들어요. 제가 이상한가요?"

이번엔 첫 번째 발언자가 울상이 됐다.

"아뇨…. 저도 미련을 못 버리고 있어요. 내 가장 순수한 감정이 상대에게는 부담이잖아요. 나는 마음이 흘러넘쳐서 어쩔 줄 모르니까 다른 데 건네줘야 하는데, 결국 그건 벽에 맞아 땅바닥에 굴러떨어지는 거죠. 그래도 나한테는 소중한 건데. 거기에 이입돼서 내가 초라해 보이는 거예요. 자꾸 자존감이 낮아져요."

또 다른 누군가가 말했다.

"우리는 왜 짝사랑을 사랑하는지 알고 있어요. 우리는 충분히 생각해 봤고 그 짝사랑들 때문에 성숙해졌어요. 인연은 끝났고 교훈도 얻었다고요. 그런데 왜 아직 미련이 있는 걸까요?"

그동안 잠자코 있던 모임원들이 말했다.

"누가 말하길, 짝사랑은 본인의 업보래요. 벌 받느라 그런 거래요."

"제 친구는 아무런 의미 없는 데 의미 만들지 말라고 하더라고요."

모두 침묵했다. 제일 시끄럽게 울던 내가 말했다.

"저와 지독하게 얽히고설켜서, 이게 아니면 한 치 앞도 안 보이는데, 그저 날 괴롭히기 위한 환각일 뿐일까요? 이 절절함은 허공으로 날아갈까요? 저만 슬퍼하면서?"

모두, 정말 모든 사람이 답이 없었다.

문화재 해설: 청자상감운학문매병

도교에서 학은 신선들을 태우고 선계仙界로 가는 새로 여겨집니다. 이 청자에서는 근심 걱정 없는 선계에 태어나기를 갈망했던 고려인의 마음이 구름과 학 무늬로 표현됩니다.*

*안휘준·전양모 외, 『한국의 미, 최고의 예술품을 찾아서 1: 회화 공예』, 돌베개, 2007, 194쪽

2부
가까이서 본 것

연리문 개구리형 모자 연적

 이상한 봄이 갔다. 지구 온난화로 여름과 겨울밖에 남지 않았다는 얘기는 내가 태어날 때부터 있었다. 그 긴 세월 동안 사람들은 미세한 봄과 가을을 구별하는 방법을 배웠다. 날씨에 죽자 사자 하며 호들갑 떠는 전 국민이 날씨 농담을 덜 하게 될 때를 환절기로 삼자. 좋아요. 내가 말한 '이상한 봄', 이상한 하루에서 본 날씨 농담은 단 한 개였다. 사람들이 무슨 옷을 입어야 하나 어찌할 줄 모른다는 내용의 농담이었다. 누가 봐도 봄의 하루였다.
 올해의 여름 농담은 좀 늦었다. 6월이고 7월이고 도통 더워지지 않았다. 사람들은 어리둥절하다는 농담밖에 못 했다. 날씨 욕을 못 하니 조금 김샜다는 의견도 있었다. 나는 그 모든 농담을 갈무리하고 있었다. 뭐라도 해야 할 것 같았다. 그러다 보니 SNS에 자주 들어가게 되고, 그의 계정도 들락날락하게 됐다.

그의 계정은 비공개였다. 나는 게시물의 숫자만 겨우 확인할 수 있었다. 날씨 농담이 없는데 시간은 느리게 흐르니 나는 그의 계정을 주시할 수밖에 없었다. 나는 확대도 못 하는 프로필 사진을 들여다보거나 게시물 개수가 바뀌는 걸 지켜보았다. 보통 사람보다는 조금 많이 바뀌는 편이라서 보는 재미가 있었다. 누군가의 계정을 몰래 본다는 것은 손놀림이 신중해야 하는 일이었다. 무언가를 함부로 누르면 모든 게 어긋나기 마련이다. 그 봄의 하루처럼.

샤워하는데 내 계정에 알람이 떴다. 그였다. 내 계정에 뜬 최초의 알람이기도 했다. 내 계정은 다른 SNS 연동도 안 돼 있는 '프로필 없음, 친구 없음, 게시물 없음'의 무색무취 계정이었다. 나는 머리에 물을 뚝뚝 흘리며 욕실 밖을 튀어나왔다. 친구 승낙을 누르면 그의 게시물을 볼 수 있다. 그와 대화할 수 있다. 그런데 그는 내가 누군 줄 알고 친구 신청을 건 거지? 심장이 턱 밑에서 배꼽 위까지 쿵쾅대며 뛰어다녔다.

알람이 하나 더 떴을 때 나는 아악, 하고 소리 질렀다. 그가 메시지를 보낸 것이다. 내 이름 석 자와 함께, 넌 줄 아니까 빨리 친구 승낙을 받으라는 내용이었다. 그가 나인 줄 알고 있으면 지금 알람을 보고 있다는 것도 알겠지. 나는 친구 승낙을 눌렀다. 그의 게시물을 보기도 전에 메시지가 주르륵 달렸다. 왜 남의 계정을 엿보는데. 연락하지 말기로 했잖아. 지금이 여름인 줄 알아?

나는 이때다 싶어서 모아 놓은 여름 농담들을 보냈다. 이거 봐, 여름이야. 사람들이 덥대. 불쾌지수 때문에 누구 하나 죽여도 금세 부패돼서 티도 안 난단 농담도 있잖아. 내가 그 말을 보내자마자 그가 빠르게 r을 보냈다. 뭔가를 치다가 흠칫 놀라 얼결에 보낸 듯했다. 잠시 후 그가 원래 보내려던 말이 왔다. 너 걔를 어디다 묻었는데. 나는 씩 웃었다. 묻긴 뭘 또 묻어. 한강에다 던졌지.

그날 그가 실수로 찍어 누른 개구리는 유치원의 실습용 개구리였다. 다음 주면, 유치원 선생이 겨울잠에서 억지로 깨어난 개구리들을 족쳐서 유치원생들의 뜨거운 손으로 개구리를 조몰락거리게 만들 참이었다. 죄 없는 개구리에게 너무 가혹한 처사였다. 그래서 그는 개구리들을 일주일 일찍 깨워 유치원 밖으로 풀어 주기로 했다. 그렇게 삽으로 흙을 푸던 도중 뭔가 삽에 박혀서 나왔는데…. 이하 생략. 그는 그를 손으로 옮겨 처리하고 싶어하지 않았다. 누구라도 그랬을 거다. 하지만 나는 할 수 있었다.

나는 개구리였던 것을 비닐봉지에 담으며 비밀로 해 주겠다고 했다. 여름까지는. 여름까지라니. 첫눈 올 때 만나자는 말이 더 정확하겠네. 그는 대신 여름까지는 연락하지 말자고 했다. 자기는 여름까지 유치원을 벗어나 있을 테니 여름 이후엔 알아서 하라고. 실습용 개구리 값이고 뭐고 그때까지 벌면 된다고. 그는 착한데 멍청했다. 몇 달 전에 죽은 실습용 개구리에 대한 죗값 따위를 누가 신경 쓰겠는가?

하지만 그는 지금 내게 언제 유치원으로 가면 되겠냐고 묻고 있다. 그는 실습 도구를 망친 걸 변상하려는 게 아니라 죽은 개구리에 대한 책임을 지러 가는 것일 테다. 나는 조금 키득대다가 필요 없다고, 같이 한강에 가서 개구리에게 인사나 하고 오자고 했다. 여름이니 김밥은 쉴 테고 편의점에서 라면이나 먹자고. 저 너머에서 그가 안도하는 모습을 상상하니 기분이 좋아졌다. 여름이다. 그의 계정이 풀리는 여름.

가지무늬 토기

 그는 가지를 사랑했다. 그래서 가지를 먹지 않았다.
 봉선화 씨앗을 주문한다는 것이, 가지 씨앗이 와 버린 게 시작이었다. 그는 이것도 인연이지, 하며 웃어넘겼다. 검색해 보니 가지 씨앗 발아에 대한 글은 많지 않았다. 애당초 가지에 대한 게시글을 찾기가 어려웠다. 식물을 이야기하는 자리에서 '가지'는 '특정 식물'이라기보다는 '보편적인 식물들의 줄기'라는 뜻으로 많이 쓰였다. '오늘은 ~을 가지치기했어요.'라는 글들. 그는 물에 젖은 손에 씨앗을 불리며 생각했다.
 '나는 가지치기는 하지 않아야지. 조금 약하더라도 크는 대로 내버려 둘 거야. 그저 그대로 행복하게 해 줘야지.'
 그는 이런 마음으로 하나의 씨앗만 발아를 시도했다. 슬슬 버려야 하나, 싶을 때쯤 싹이 나왔다. 그는 이 씨앗의 이름을

'기적'이라 불렀다. 초보자는 식물을 너무 애지중지해서 죽인다는 말은 귀에 들어오지 않았다. 예쁜 달력을 골라 물 주는 날, 비료 주는 날, 벌레 잡는 날을 색색의 스티커로 표시했다. 모든 가지가 '기적'처럼 보이기 시작한 순간부터, 그는 가지를 먹지 않았다. 주변에서 그는 '가지 반려자'로 유명해졌다. 그들의 화두는 하나였다.

'그가 자신이 수확한 가지를 먹을 것인가?'

답은 정해져 있었다. 그는 모든 가지를 먹지 않으니까. 그는 온화하게 자신의 입장을 밝혔다.

"저도 가지를 식재료로밖에 안 봤었어요. 이제 저는 가지가 생명인 게 느껴져요. 본인들의 반려동물을 생각해 보세요. 제 가지도 그만큼의 개성이 있답니다."

물론 씨알도 먹히지 않았다. 오히려 그가 가지에 혼을 팔았다는 의견이 농담 반 진담 반으로 퍼져 나갔다. 그들은 그를 집요하게 설득하고, 깎아내리고, 비난했다. 그는 인내했다. 본인이 소수니까.

그가 늦게 참석한 어느 모임에서였다. 모두 가지 요리를 먹으며 그를 기다리고 있었다. 그의 자리에도 가지 요리가 있었다. 의도를 알아챈 그가 자리를 벗어나려 하자, 한 사람이 그의 입에 가지를 욱여넣으며 말했다.

"가지만 불쌍해? 애호박은? 닭은? 그거 다 생각하면서 굶

으면 너는 안 불쌍해질 거 같아?"

잠깐의 몸싸움 끝에, 모임은 그를 말리는 무리와 상대를 말리는 무리로 나누어졌다. 그를 말리는 무리는 말했다.

"널 생각해서 그런 거야. 정성껏 길렀는데 먹지 않으면 아깝잖아."

"그렇게 영원히 가지만 기르다 죽을 거 아니잖아. 네가 먹으면서 완성되는 거야."

"그래, 안 먹어도 처치 곤란이야."

저쪽에선 '정신 나가서 그렇다', '내버려 둬라' 하는 말이 들려왔다. 그는 무언가를 상대의 얼굴에 던졌다. '가지 수확 기념 잔치' 초대장이었다.

"얼빠진 사람이 무슨 짓거리를 하나 구경 오라고!"

'가지 수확 기념 잔치'는 성황리에 시작됐다. 모두 그 잘난 가지를 보고 싶어 했다. 그러나 가지는 보이지 않았다. 그가 입을 열었다.

"여러분이 찾으시는 그 가지는 농장에 보내졌습니다. 그곳에서 더 자라고, 인간의 잣대대로 일하면서 먹히기도 하겠죠. 저를 매정하다 욕하지 마세요. 당신들은 온 세상이, 소중한 신념이 위협 당하는 게 어떤 기분인지 아십니까? 저는 제 신념을 위해 사랑하는 존재를 피신시켰습니다. 제 신념을 만들어 준 존재를요. '기적'이 제 곁에 없어도 저는 가지를 먹지 않을 겁니다. 여전히 모든 가지를 '기적'처럼 여기겠습니다. '기적'을 기리겠습니다. 그러니 날 바꿀 생각일랑 마십시오. 그저 가지를 안 먹는 것뿐이잖습니까."

그는 울었다. 모두 미안하다며 그를 달랬다. 한동안 그는 '기적'과 함께 햇볕을 쬐는 꿈을 꾸었다.

문화재 해설: 가지무늬 토기

어깨 부분에 흑색 가지무늬가 있는 항아리형 토기입니다. 크기는 대체로 높이와 너비 모두 20㎝ 내외입니다. 돌알갱이가 섞이지 않은 흙을 사용했고, 표면이 곱게 손질되어 있으며, 색조는 대부분 밝은 갈색을 띠고 있습니다. 흑색 가지무늬는 토기를 가마에 넣고 구운 뒤 고온 상태에서 식물질을 대어 탄소를 침염시켜서 만든 것입니다.*

*한국민족문화대백과사전 [가지무늬토기] 항목:

http://encykorea.aks.ac.kr/Contents/Item/E0000361

매화나무 위의 조는 새

 최에 대한 꿈을 자주 꾼다. 나를 포근히 안아 주는 꿈. 머리를 쓰다듬어 주고 솜사탕을 뜯어 입에 넣어 주는 꿈. 뭔가 이상했다. 나는 박을 좋아하는데.

 최와 박은 접점이 전혀 없다. 최는 초등학교 동창이고 박은 친구의 친구다. 박을 만나게 된 건 운명이었다. 친구를 따라간 박의 공연. 객석 뒤에서 박이 등장했을 때 심장이 땅끝까지 떨어졌다. 그 공연에서 내가 본 건 박뿐이었다. 공연이 끝나고 박을 소개 받았을 때, 복잡하던 머리가 하얗게 세더니 얼굴 근육이 탁! 하고 풀려 버렸다. 거울을 봤다면 분명히 못생겼을 그 얼굴로 박에게 말했다.

 "사랑해요."

 어쩔 도리가 없었다. 감정이 넘쳐 주룩 흘러나온 말이었으니까. 박은 유쾌하게 웃더니 다른 친구들에게 가 버렸다.

그 후로 나는 온종일 박의 음악을 들었다. 박의 목소리가 간절해서. 박의 영상을 보면 마음이 아렸다. 박은 내 첫 짝사랑이자 처음 첫눈에 반한 사람이었다.

그런데 왜 꿈에 나오는 건 최인가. 최는 내 동창이다. 더 설명할 것도 없다. 처음 꿈을 꿨을 때는 말도 안 되는 꿈이라며 웃어넘겼다. 하지만 한두 번이 넘어가니 슬슬 짜증이 났다. 이런 달콤한 꿈에 박이 나오면 좋을 텐데. 이번엔 박의 꿈을 꾸기 위해 박의 노래를 듣다 잠이 들었다.

하지만 꿈에 등장한 사람은 역시 최였다. 의자에 앉아 있는 나를 최가 뒤에서 꼭 끌어안았다. 최는 울고 있었다. 꿈속의 나는 최를 사랑했고 그래서 최의 눈물이 슬펐다. 그때 한 아이가 다가와 쏘아붙였다.

"최! 걔한테 미련 보여서 뭐할 거야! 걔는 자기 운명조차 모르는 애야!"

그 말에 놀라 꿈에서 깼다. 이번 꿈은 좀 달랐다. 꿈에서 깬 후에도 애틋했다. 나는 연락처에 있는 최의 사진을 바라봤다. 내가 최를 좋아하나?

나는 동창들을 모아 약속을 잡았다. 당연히 최도 속한 약속이었다. 그럴 리 없는 내 마음을 확인하고 싶었다. 나는 박의 노래를 들으며 약속 장소로 나갔다.

동창들 대부분이 직장인이었으므로 약속은 자연스럽게 저녁 술자리가 되었다. 최가 합류한 시점은 내가 어느 정도 취했을 때였다. 나는 더 심란해져서 최를 외면한 채 술을 들이켰다.

한참 술자리가 진행되는 중에, 친구에게서 연락이 왔다. 박과 술을 마시는 중인데 올 생각이 있냐는 내용이었다. 이미 취할 대로 취한 상태였지만 기어서라도 가야 했다. 모두의 만류를 뿌리치고 자리를 나오니, 최가 따라 나왔다.

"김! 줄 게 있어."

다 헤진 종이 쪼가리였다. 상당히 낡아 보이는데 오늘 날짜가 희미하게 적혀 있었다. 최가 한 글자 한 글자 짚어 가며 읽어 주었다.

"김♥최. 이 종이를 ×년 ×월 ×일까지 가지고 있으면 사귀는 거다!"

백자 무릎 모양 연적

나는 빨간 과일을 안 먹어 딸기는 도대체가
충격에 휩싸여 동작을 반복했다
그가 못 먹는 것은 왜 사과가 아닌가

처음 듣는 말은 무섭다
자음 모음이 없는 요괴 책방
포슬포슬한 경아의 허벅지
우연히 얻은 돈은 금방 써야 한다
나는 동작을 끊고 자리를 박찼다

외우는 건 이해를 이길 수 없어
이해는 공감을 이길 수 없어

처음으로 딸기에게 졌다
을씨년스러운 엽서를 구상한다

참새와 고양이

늙은이는 흔들의자에 앉아서 창밖을 바라보았다. 창밖에는 그의 자식이 손주와 놀고 있었다.
'영원히 살고 싶어.'
그는 계속 생각했다.
'세상엔 재밌는 게 많아. 내 자손들 구경만 해도 이렇게 즐거운데 말이야. 지금 아장거리는 저 꼬맹이가 자라서 아이를 낳고, 그 아이가 유치원에 들어가서 재롱을 배워 오면 얼마나 귀엽겠어. 행복은 줄줄이 사탕처럼 무한하다고.'
그는 조용히 손주를 불러 말했다.
"건강하게 오래 살려면 어떻게 해야 할까? 너는 건강하고 살 날도 많으니 나보다 잘 알 거야. 좀 도와줄래?"
손주는 활기차게 말했다.

"저도 그 방법을 오랫동안 연구했어요. 주변에 많이 물어보기도 했고요. 늙은이의 마음을 잘 아니까 특별히 알려 드릴게요. 첫째, 검은콩을 매일 먹어요. 이건 유치원에서 배운 방법이에요. 둘째, 즐겁게 노래를 불러요. 이건 친구가 알려 준 방법이에요. 셋째, 물구나무서기를 해요. 이건 내가 발명한 방법이에요. 특히 세 번째가 중요해요. 땅에 흘리고 다니는 걸 줄여야 오래 살 수 있어요."

과연 그럴듯했다. 어차피 다른 방법을 구할 길도 없었다. 늙은이는 흰쌀밥을 콩밥으로 바꾸고, 성악을 배우기 시작했다. 하지만 물구나무서기는 엄두가 나지 않았다. 나이가 나이인지라 목숨을 걸어야 할지도 몰랐다. 그 사이에 검버섯은 늘고 관절은 더 쑤셨다. 늙은이는 물구나무서기를 못해서 그렇다고 생각했다. 젊음이 무너져 땅에 버려진다고. 그는 손주를 바라보았다. 키가 좀 더 컸다뿐이지 여전히 어리고 건강했다. 말할 때조차 다람쥐처럼 포르르 떠드는 손주를 보고 그는 벽에 발을 올렸다.

손주는 쭈뼛대며 그의 병실로 들어갔다. 눈과 코가 퉁퉁 부어 있었다.

"미안해요…. 물구나무서기가 늙은이에게 위험한 줄 몰랐어요. 오래 사는 방법들도 다 거짓말이었어요. 그냥 늙은이가 오래 살고 싶다고 계속 생각하길 바랐어요. 그만큼 행복하길 바라서 제가 좋아하는 것들을 소개한 거예요."

늙은이는 손주를 껴안았다. 둘은 부둥켜안고 오랫동안 웃었다.

문화재 해설: 변상벽의 〈고양이와 참새〉

고양이(猫)와 참새(雀)는 한자 발음이 늙은이 모耄와 까치 작鵲과 비슷하여 장수의 기쁨을 상징합니다.*

*국립중앙박물관, 『국립중앙박물관 핸드북』, 국립중앙박물관, 2014, 106쪽

3부
안 보이는 것

부석사 괘불

지구에 점 하나를 찍으라면 단연 부석사를 고를 겁니다.

둘은 하나가 될 수 없다고 믿어 왔습니다. 이제껏 제 삶은 상대와 맞추기 위한 꾸물거림으로 흘러왔는지도 모르겠습니다. 하지만 서로의 몸은 각자의 공간을 차지하기 위해 부풀어 있었습니다. 사지를 허우적거리는 각자는 얼마나 외로웠는지요. 그래서 부석사란 이름이 마음에 들었습니다. 돌이 떠 있는 곳. 돌과 돌이 맞닿지 않은 곳.

우리는 휑한 땅에 도착해 배차 간격이 긴 버스를 타고 표를 끊었습니다. 오르는 길엔 사과나무들이 보였습니다. 사과 말랭이를 먹으며 알알이 익은 사과를 감상했습니다. 가 보지도 않은 장소에서 결혼식을 하자 했을 때, 짝꿍은 말없이 고개를 끄덕였습니다. 짝꿍은 흔쾌하지도, 떨떠름하지도 않은 걸음으로 오르막길을 걸었습니다.

이미 사랑하게 된 장소를 객관적인 눈의 사람과 가는 건 부담스러운 일입니다. 그 사람과 결혼할 장소면 더욱 그렇지요. 나는 슬그머니 겁이 났습니다. 결정이 끝난 상태에서 하는 걱정이야말로 영양가가 없다지만, 아무래도 인류지대사니까요. 부석사는 어떤 곳일까요? 시끌벅적할까요? 화려할까요? 휑할까요?

천왕문을 지나, 가파른 계단이 나왔습니다. 미안하다는 말이 목구멍까지 차올랐습니다. 충동적으로 일을 저지르는 건 저의 나쁜 습관입니다. 저는 계단 한 칸마다 하나의 잘못을 곱씹으며 발걸음을 옮겼습니다.

계단을 다 오른 짝꿍이 걸음을 멈췄습니다. 저는 서 있는 짝꿍을 툭툭 쳤습니다. 짝꿍은 제 손을 치우더니 손가락으로 앞쪽을 가리켰습니다. 아! 부석사의 전경이 한눈에 들어왔습니다. 부석사는 안온한 사찰이었습니다. 적막하지만 뚜렷한 풍경을 가진 곳이었습니다. 절에 오는 누군가를 위한 외길을 쫓다 보면, 위로 솟은 기와와 아래로 뻗은 기둥이 용맹한 느낌을 자아내는 한옥이 풍경 정중앙에 우뚝 서 있었습니다. 빽빽한 녹음을 눈으로 치워 보면 대칭의 돌탑 두 개가 절을 지키는 듯했고, 시야 양쪽 끝엔 높낮이가 다른 기와지붕이 세로로 길을 비켜 주었습니다. 저는 깨끗한 가을 하늘 아래 환해지는 시야로 꼼꼼히 첫인상을 눈에 담았습니다. 그러곤 짝꿍과 눈을 맞췄습니다. 그제야 우리만의 거리가 예쁜 공간이 될 거라고 생각했습니다.

문화재 해설: 부석사 괘불

1684년 부석사에서 제작한 불화로 야외 의식에 쓰였습니다.*

*국립중앙박물관, 『국립중앙박물관 100선』, 국립중앙박물관, 2006, 97쪽

반가사유상

첫 심리 상담 전에 기본 서적을 읽고 갔다. 같은 말이 반복해서 나왔다.

상담자와 내담자는 강한 신뢰 관계여야 한다.

상담사는 내 진료 기록부를 훑어 보더니 카랑카랑한 목소리로 말했다.

"가족력이 있으시네요. 형제에게 우울증이 있다고 적으셨는데 관계가 정확히 어떻게 되세요?"

"제 쌍둥이 동생입니다."

드디어 상담사가 내 얼굴을 쳐다보았다. 그러곤 환한 웃음을 지으며 말했다.

"아하! 지금 당신이 문제가 아니네요. 중요한 건 쌍둥이 분입니다. 쌍둥이 분이 우울하니까 당신도 우울한 거예요. 쌍둥이의 텔레파시 때문인 거죠."

나는 너무도 정직하게 그의 자격증 쪽으로 눈을 돌렸다. 맞춤법이 틀려 있었다. 그대로 나갈까 하다가 마무리는 짓고 가자 싶어서 적당히 장단을 맞췄다.

"그럼 제가 할 수 있는 일은 없는 거죠?"

"게으른 소리 마세요. 좋은 텔레파시를 보내서 쌍둥이 분의 우울증을 치료해야죠. 다음 상담부터 꽤 고될 테니 식사 든든하게 하고 오세요."

그다음 주에도 나는 상담실에 앉아 있었다. 나는 이제 내담자가 아니었다. 그를 신뢰하지 않았으니까. 하지만 그가 무슨 짓을 벌일지 궁금하긴 했다.

나는 자연 예찬 다큐멘터리를 감상해야 했다. 상담사도 내담자를 이해해야 한다는 명분으로 같이 관람했다. 내가 잠시 졸고 있으면 상담사가 내 뒤에 입바람을 불어넣었다. 앵무새의 다채로운 깃털 색이 내 눈을 찔러도 봐주지 않았다. 자음과 모음 없이 그저 까악거리고 꾸룩거리는 영상이 끝나고 나면 상담사와 영상에 관한 대화를 나눴다. 우리는 몇 개의 단어를 금지하고 몇 개의 단어를 권장하며 아름다운 말들을 이어 나갔다. 괜찮은 문장이 있으면 손 글씨로 엽서에 적어 타임캡슐에 넣는 활동도 추가됐다.

이상하게도 그 시간이 싫지 않았다. 쌍둥이의 우울증을

염려해서는 결코 아니었고, 빡빡한 일상에 약간의 멍청함을 더하는 게 퍽 괜찮았다. 사실 그랬다. 바쁜 현대인이 언제, 악어새가 악어 입 속에 들어갔다가 먹을 게 없어 상심하는 구연동화를 보겠는가. 설령 보더라도, 그날따라 악어 이빨이 깨끗했던 이유를 찾아내 악어를 변호해 주고, 악어새에게 심심한 위로를 담아 쓴 엽서를 타임캡슐에 넣을 기회는 정말로 없다. 그렇게 내담자 없는 상담은 계속되었다.

보이지 않을 만큼 빠른 벌새의 날갯짓을 보며, 왜 죄다 조류 다큐멘터리일까, 라는 의구심을 품은 날, 상담사가 말했다.

"치료는 할 만큼 했고, 이제 슬슬 진행 상황을 봐야죠. 오늘 쌍둥이 분에게 이런 상담을 하고 있었다고 말하도록 해요. 쌍둥이 분이 틀림없이 고맙고 사랑한다고 하시겠죠? 그러면 꼭 끌어안고 같이 사진 찍는 것까지 숙제. 다음 주엔 쌍둥이 분이랑 같이 타임캡슐을 열어 볼 겁니다."

올 것이 온 거다. 나는 진실을 말해야 했다.

"저 동생이랑 안 친한데요…."

"그럴 리가요. 쌍둥이잖아요."

"그쪽은 형제 관계가 어떻게 되세요?"

"위로 한 명 있어요."

"친해요?"

"전혀요."

"그런 거예요."

그는 적잖이 충격을 받은 모양이었다. 그동안 자기가 무슨 헛짓거리를 했는지 되새김질하는 시간을 갖더니, 타임캡슐로 손을 뻗었다. 마침 열려 있던 창문 밖으로 엽서가 창공을 갈랐다.

나는 저번 주에 본 키위 새에 대한 다큐멘터리를 떠올렸다.

상담자와 내담자는 강한 신뢰 관계여야 한다.

결국, 우리는 날개 없는 새 같은 관계였다.

문화재 해설: 반가사유상

출가 전 싯다르타의 모습에서 비롯된 불상입니다. 한 다리를 다른 쪽 무릎 위에 얹고 손가락을 뺨에 댄 채 생각에 잠겨 있는 자세입니다.*

---

*국립중앙박물관, 『국립중앙박물관 100선』, 국립중앙박물관, 2006, 126쪽

윤봉길 의사 이력서 및 유서

눈을 감으면 늘 같은 모양의 섬광이 보였다. 형광 파랑의 줄무늬 네다섯 개가 모여서 헤엄쳤다. 노래를 들으면 발랄하게 요동치는 선이 좋았다. 앙증맞은 물고기 한 마리.

그는 물고기를 귀하게 여겼다. 차마 이름도 지어 줄 수 없었다. 일방적으로 굴기엔 물고기는 어렴풋했고 연약했다. 그는 물고기에 대해 알고 싶었다. 제브라 다니오. 관상용 물고기 중 하나로, 생명력이 좋아 어항 속 수질을 확인하는 물잡이용으로 인기 있고, 인간의 유전자와 일치하는 부분이 많아 실험용으로 쓰인다…. 그런 알고 싶지 않은 정보들이 가득했다. 그는 물고기, 물고기 하고 읊조렸다. 물에 있는 고기라니. 이기적인 발상이었다. 찾아 보니 그와 같은 생각을 하는 사람들이 있었다. 그들은 물고기를 '물살이'라고 불렀다. 그도 그렇게 부르기로 했다. 그는 물살이가 더운 나라 출신이고, 몰려다니는 걸 좋아한다는 사실을 알아냈다. 그는 물살이가 행복하길 바랐다. 그는 물살이를 보내 주기로 했다.

그는 어두운 방에서 촛불을 켰다. 눈이 말라 있어야 하는데 자꾸 눈물이 났다. 겨우 진정한 그는 촛불을 응시했다. 그리고 눈을 감았다. 주황색 불빛이 깜빡였다. 보기만 해도 평안했다. 그는 급하게 눈을 떴다. 예상대로 물살이가 따뜻한 빛으로 들어갔다. 그러나 뭔가 달랐다. 물살이가 헤엄쳐 간 게 아니었다. 물고기는 촛불의 섬광에 빨려 들어갔다. 섬광이 휘몰아치는 바람에 갈기갈기 찢겼는지, 아니면 녹아서 흐물흐물해졌는지조차 알 수 없었다.

아무도 그에게 양초에 의해 희생되는 생명들이 있다고 말해 주지 않았다.

15년 전 구룡폭포

부모님은 나에게 충분한 사랑을 주지 않았다. 그러니까, 부모님의 사랑에 대한 내 기대치가 너무 높다는 뜻이다. 다정다감한 부모님 슬하에 외동으로 자란 내가 애정 결핍 운운하는 건 무리인 거 나도 안다. 그래서 내 욕심은 직접 채우기로 했다. 내가 태어났을 때부터 지금까지 부모님이 해 줬으면 했던 목록을 적어 스스로 이루기로 다짐했다. 약간의 난감함은 있었다. 천을 꼬아서 탯줄 도장을 만들 때도, 교복을 입고 금가락지를 맞추러 갔을 때도 미심쩍다는 눈빛에서 벗어나지 못했다. 하지만 육아 일기는, 남 눈치 보지 않고 작성할 수 있다!

태어난 시각부터 난관이었다. 내가 몇 시에 태어났는지 기억할 턱이 없었다. 그렇다고 당신 몫을 다 하신 부모님께 손

벌릴 수는 없는지라 대충 태어난 월일을 시와 분으로 바꿨다. 진실은 알 리 없지만, 엄마는 새벽 응급실에서 날 낳은 산모가 되었다. 시작부터 거하게 지어 내니 나머지 거짓말은 수월했다. 술술 쓰다 보니 제법 그럴듯한 말들이 나와 이유식을 뗄 무렵에는 개연성이란 것까지 만들어 낼 수 있었다.

그즈음 새로운 취미가 생겼다. 육아 일기에 참고하기 위해 드나들던 인터넷 육아 카페에 심취한 것이다. 다채로운 사건과 그들끼리의 농담은 나를 즐겁게 해 줬다. 워낙 아기자기한 카페라 자주 방문하면 몇 아이디는 눈에 익기도 했다. '껌딱지' 씨도 그중 하나였다. 댓글 활동이 활발하던 그는 내가 주기적으로 올리던 육아 일기에 적극적으로 반응해 줬다. 알레르기에 좋은 영양제를 추천해 주기도 하고, 나의 첫 뒤집기에 본인 일같이 기뻐해 주며 주의 사항을 알려 주었다. 성장 속도보다 훨씬 앞서 쓴 내 육아 일기를 천천히 풀며 나는 약간의 미안함이 생겼다.

육아 일기를 연재한 지 일 년 반이 지나자, 다리미에 데어 화상을 입었던 이야기를 안 쓸 수가 없게 되었다. 껌딱지 씨가 속상해할 모습이 눈에 선했다. 하지만 육아일기의 완성도를 위해 육아 카페 사람들의 지식을 수집해야 했다. 사실 껌딱지 씨의 반응을 보고 싶은 마음도 있었다. 그의 애정이 듬뿍 담긴 위로를 받고 싶었다.

이번은 '육아 일기'란이 아닌 '도움 필요' 란에 썼다. 아이가 다리미를 만졌다. 응급실에 왔는데 환자가 너무 많아 대기하고 있다. 지금 보호자인 내가 할 수 있는 일은 뭐고 흉 지지 않으려면 어떻게 해야 좋을지 알려 달라는 글이었다. 많은 댓글이 달린 가운데 껌딱지 씨가 나타났다. 껌딱지 씨의 반응은 예상과 달랐다. 애를 그렇게 위험한 물건 가까이에 두면 어쩌냐며 나를 질타했다. 카페에 한가하게 글 쓸 시간에 응급실 직원에게 하소연이라도 해서 치료를 받아야 하지 않겠냐며 나보고 실망했다고까지 말했다. 나는 충격에 빠져 글을 삭제했다. 그리고 이불을 뒤집어쓰고 울었다.

며칠 뒤에 껌딱지 씨에게서 메일이 왔다. 그때 치료는 잘했냐고, 누구보다 부모가 자책하고 있을 텐데 내가 너무 주제넘게 나섰다며 흉터가 안 남길 빈다고 육아 용품 모바일 상품권까지 동봉했다. 나는 일이 너무 커졌음을 느꼈다. 곧장 껌딱지 씨에게 괜찮다는 말과 함께 언제 한번 만나자고 약속을 잡았다. 육아 일기에 대해 고백하고 상품권을 돌려 드릴 요량이었다. 어차피 나는 쓰지도 않을 테니까.

잔뜩 긴장한 나는 약속 장소에 한 시간이나 일찍 도착해 덜덜 떨고 있었다. 나는 한눈에 껌딱지 씨를 알아볼 수 있었다. 포대기에 애를 안고 두리번거리는 손님은 한 시간 동안 그밖에 없었다. 나는 그를 불렀다. 껌딱지 씨는 어리둥절한

표정으로 나를 쳐다보다가 내가 '금싸라기 땅'이라는 걸 밝히자 눈을 휘둥그레 뜨고 자리에 앉았다. 내 얘기를 다 들은 껌딱지 씨는 곰곰이 생각하더니 이내 으하하 하고 웃었다. 그러곤 내 손을 꼭 쥐며 말을 이었다. 속은 건 당황스럽긴 하지만 이렇게 멋지게 자란 육아 일기 속 아이를 보니 기쁜 마음이 더 크다고 했다. 그는 십 년도 지난 손등의 흉터를 보며 안타까워해 주었다. 우리는 껌딱지 씨가 산 밥을 먹고 다음 약속을 잡았다. 다음에는 같이 미아 방지 팔찌를 사러 갈 것이다.

문화재 해설: 이인상의 〈구룡연도〉

이인상이 1737년 임안세任安世 등과 함께 금강산을 여행하고, 15년 뒤 기억 속의 구룡연九龍淵을 떠올리며 그린 작품입니다. 아래는 서화에서 발췌한 글입니다.

"정사년(1737) 가을에 삼청동 임씨 어른(임안세)을 뵈옵고 구룡연을 본 지 15년 만에 삼가 이 그림을 그려 올립니다. 모지라진 붓에 그을음을 묻혀, 그 뼈대만을 그렸을 뿐 살집은 그리지 않았고, 색을 칠하지 않은 것은 감히 거만하게 두는 것이 아니라 마음으로 이해한 것에 두었기 때문입니다."*

*국립중앙박물관, 『우리 강산을 그리다: 화가의 시선, 조선시대 실경산수화』, 국립중앙박물관, 2019, 238-239쪽

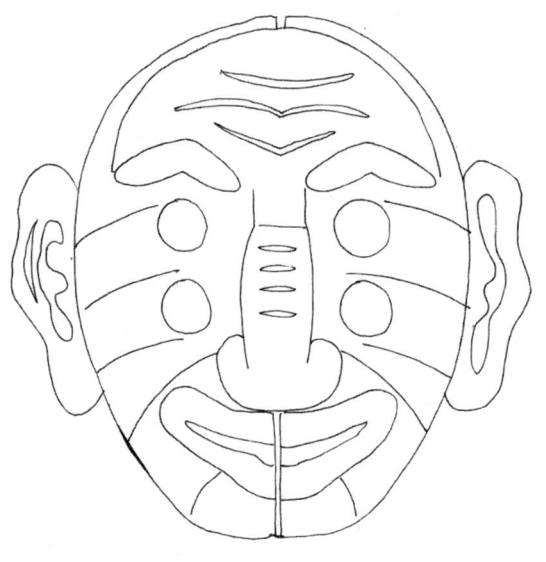

방상시 탈

 돈이 없었다. 그래서 무한정으로 이야기를 만들어 팔았다. 이야기 속에선 꼭 한 명 이상이 죽었다. 내가 죽인 등장인물들은 반드시 꿈에 나왔다. 한 번은 지구가 폭파되는 이야기를 만들었더니 평생토록 못 만날 인원이 꿈에 나온 적도 있었다.
 그를 사랑했다. 그래서 이야기 속에서 그를 죽였다. 하지만 그는 꿈에서도 나타나지 않았다. 실재하는 사람이어서 그런가? 하지만 실제의 그를 죽이고 싶진 않았다. 그럼 돈도 많이 들고, 슬프고, 후회할 거고…. 나쁜 짓이니까. 그래서 더 간절하게 그를 지어 냈다. 과하게 뚜렷한 이야기는 대충의 형체라도 만들어 낼 수 있을 듯했다. 그를 반복해 찍어 내는 동안 내 이야기 값은 점점 올라갔다. 내 이름엔 '그 전과 후로 나뉜다', '새로운 양식의 탄생', '시대성' 정도의 수식어가 붙었다. 그러면서 이야기 속 '그'에 열광하는 무리가 늘어나는가 싶더니 어느 순간부터 〈그를 찾는 모임〉으로 바뀌었다. 정말 그를 찾게 된다면, 저들 모두 그를 사랑하게 될까? 나는 절필 선언 후 몸을 사렸다.

누가 대중을 우매하다고 지껄였는지 모를 일이다. 그들은 내 의중을 알아채 집요하게 내 입을 벌렸다. 날 외롭게 만들었다. 집에 갇혀 있는 데다 글도 안 쓰고 있으니 사람도 환각도 만날 일이 없었다. 돈 마저도. 여러모로 입에 거미줄이 쳐질 때쯤 방송 제의가 왔다. 제시한 금액이 상당했기에 수락할 수밖에 없었다.

진행자와 끝말잇기를 할 때였다. 진행자가 끝음절로 각종 성(姓)을 대며 교묘히 나를 떠보면, 나는 무지막지한 끝음절로 진행자를 뭉개 버리는 식이었다. 꽤 긴장감을 요구하는 순간, 천장에서 귀신 인형이 뚝 하고 떨어졌다. 나는 무심코 그의 이름을 외쳤다. 나에겐 일상적인 감탄사이지만 그들에겐 중요한 주제일 뿐인 그 단어. 모두가 내 얼굴을 주목했다. 돈 때문이었다. 아니, 꿈 때문이었다.

문화재 해설: 방상시 탈

방상시 탈은 궁중에서 임금의 행차나 사신의 영접 등의 행사 때 사용되었던 탈입니다. 무사태평을 기원하는 의식에서 가면을 쓰고 악귀를 쫓는 데 쓰였습니다.*

*문화재청 국가문화유산포털 [방상시 탈] 항목:

http://www.heritage.go.kr/heri/cul/culSelectDetail.do?pageNo=1_1_1_1&ccbaCpno=1481100160000

4부
봐도 모르겠는 것

백자 철화 끈무늬 병

사물함을 열어 보니 쪽지가 있었다.
'니나히지만, 말할 게 있어. 나를 찾아와.'
쪽지는 구겨져 있다 못해 젖어서 비벼져 있었다. 다른 건 그렇다 치고 '니나히지만'은 뭘까? 나는 스마트폰을 꺼내 사전을 검색해 봤다. 어느 나라 말도 아니었다. 유사한 단어도 나오지 않았다. 내 가슴은 뛰기 시작했다. 이건 비밀 결사대가 날 부르는 계시야! 나는 짝꿍이 쪽지를 보지 못하게 얼른 주머니에 넣었다.

주위를 둘러보고 쪽지를 찢었다. 그리고 종잇조각들을 각각 다른 층 다른 칸의 화장실 쓰레기통에 버렸다. 비밀 결사대도 이 쪽지를 이렇게 처리하길 바랐을 거다. 나는 주위를 둘러보았다. 겉보기엔 아무도 나를 신경 쓰지 않았다. 나는 은밀하게 검지와 중지를 꼬았다. 이건 공공연한 암호다. 제대로 된 비밀 결사대라면 이 정도는 잡아낼 수 있겠지. 한편으로는 내심 걱정도 됐다. 너무 고전적인 암호라 나를 무시하면 어떡하지? 그때 화장실 거울에서 반짝 빛이 비쳤다. 나는 안심하고 짝꿍의 손에 이끌려 교실로 돌아왔다.

나는 '니나히지만'을 분석해 보았다. 일단 거울에 이리저리 비춰보았다. 거울에 옆으로 비춘 결과 '그구110 (니나히)'까지는 밝혀냈으나 나머지 '지만'은 맞지 않았다. 자음과 모음까지 해체해 이리저리 재조립해도 답이 없었다. 나는 공책을 덮고 곰곰이 생각에 잠겼다. 암호를 풀려면 무엇을 전하려는지부터 알아야 했다. 처음엔 나를 시험하려는 암호라 생각했다. 하지만 조직 이름일 수도, 내 활동명을 부여받은 것일 수도 있었다. 어쩌면 내 첫 임무일 수도 있다. 마음이 조급해졌다. 기한이 언제까지인지도 말을 안 해 주다니. 어쩌면 '니나히지만'에 모든 정보가 숨어 있을지도 모른다. 그렇다면 최대한 빨리 알아내야 했다.

다음 날 사물함에 일렬로 춤추는 아이들이 그려진 그림을 붙여 놨다. 아이들이 오가며 귀여운 그림이라고 칭찬을 해댔다. 나는 씨익 웃을 뿐 별다른 반응을 하지 않았다. 이건 '춤추는 사람' 암호였다. 이걸 보고 올 답을 기다리는 수밖에 없었다. 그러나 종일 답은 오지 않았다. 나에게 실망했나? 쪽지에 있던 또 다른 정보를 놓쳐 버린 건가? 별별 생각이 다 들었다. 나는 방과 후까지 교실에 남아 있었다. 모름지기 학생 비밀 결사대는 방과 후 학교에서 역사가 이루어지는 법이다. 나는 신경을 곤두세우고 미지의 사람들을 기다렸다. 얼마 후 드르륵 교실 문이 열렸다.

짝꿍이었다. 한 손에는 종이봉투가 들려 있었다. 의외의 인물이었다. 비밀 결사대 대원치고는 존재감이 큰 아이였다. 어쩌면 정보 수집 담당일지도 몰랐다. 짝꿍이 입을 열었다.

"쪽지 봤어?"

"아직 해독하지 못했는데…. 무슨 의미였는지 설명해 줄 수 있어?"

"음? 그게 해독할 게 뭐가 있어. 쪽지 보낸 사람이 나라니까?"

"니나히지만 말이야. 예비 대원으로서 민망하지만 아직은…. 어…!"

그렇다. 쪽지는 구겨져 있다 못해 젖어서 비벼져 있었고, 연필로 옅게 쓰여 있었고, 짝꿍은 손에 땀이 많은 아이였다. 글자 일부가 지워진 건 의도적인 게 아니었다. 내 표정을 살핀 짝꿍이 조심스레 입을 열었다.

"왜 그래. 나라서 실망했어? 이런 반응은 예상 못 했는데. 그럼 선물만이라도 받아 줘."

그러고는 내 목에 꼬질꼬질한 털목도리를 서툴게 둘러 주었다.

문화재 해설: 백자 철화 끈무늬 병

병 굽 안 바닥에는 한글로 '니ᄂ히'라고 적혀 있어, 한글 창제 이후에 제작되었을 것으로 추정됩니다.*

*국립중앙박물관, 『국립중앙박물관 100선』, 국립중앙박물관, 2006, 187쪽

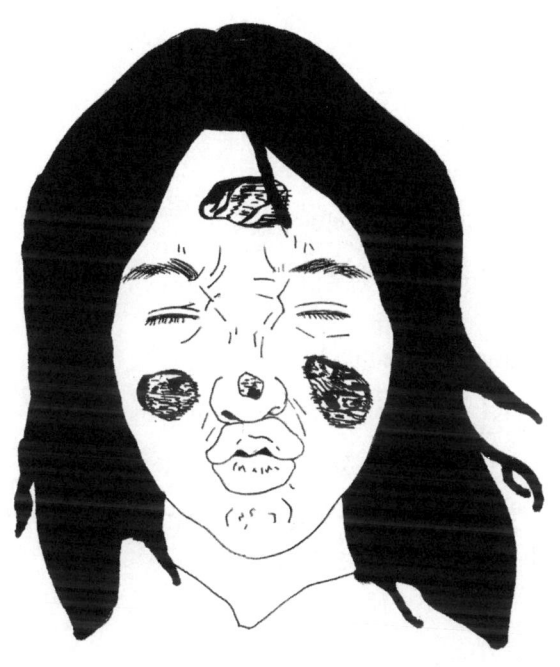

고려 청자 연리무늬 합

짝하고나

엉기고 성긴 것엔 미련이 없다
신경 쓰이는 건 입술이다

화면엔 뜨끈한 것이 뭉쳐지고 있다
바짝 다가 앉은 코는 힘없이 당했다
화면에서 얼굴을 뗐다
입술은분주히움직였다말려들어갔다때때로갈라지며툭튀어나왔다그래도뾰족한수가없었다

코가 없는 얼굴엔 입술이 쉽게 닿는다
뭉쳐지지 않는다
사실 입술을 코보다 내밀어 본 적이 있다
뭉쳐지지 않는다

화면이 아닌 것엔 캔버스가 있다
그네들은 무너지지 않는다 겹쳐질 뿐이다
두 근육 뭉텅이는 반복된다
입술입술입술입술 튕겨져 나온다

입술은 코보다 못하다
사람들은 입술을 그린다

충주 정토사터 홍법국사탑

얼마 후면 애인의 생일이다. 애인은 인기가 많다. 내가 몇 번째 애인인지 셀 수도 없고 나와 사귀는 지금도 수없는 유혹을 받고 있다. 그에 비해 나는 평범한 사람. 내가 없어지면 나를 기억이라도 할까? 애인에게 방점을 남기고 싶다.

일단 애인은 필요한 게 없다. 돈도 많거니와 선물이 끊이질 않는다. 생일 선물을 처리하는 것도 일이라던 그다. 마찬가지 이유로 인상적이라 할 만한 선물도 한 아름 받는다. 고양이 수염으로 묶어 놓은 낙타 이빨 같은 건 금세 버려졌다지만, 누군가가 준 선물은 아직도 잘 타고 다닌다. 조사할수록 내가 더 초라해진다. 더 기발하고 실용적인 걸 찾아야 한다.

나는 답을 찾아냈다. 완벽한 애인에게 부족한 것은 나, 내 애인의 애인이다. 나는 그에게 맞는 짝지를 찾아 주기로 했다. 내 주변에서 제일 잘난 친구에게로 갔다. 애인의 상사였다.

"내가 어떻게 네 애인이랑 사귀어? 내가 네 애인만큼 잘났다는 결론은 어디서 나온 거고? 나랑 네 애인이 물건이야? 애인 동의 없이 멋대로 괴상한 짓 벌이지마."

역시 현명한 친구였다. 어떻게든 그를 구슬려야 했다. 나는 그의 가난을 공략하기로 했다. 그의 유일한 생계 수단을 막았다. 그는 좌절했다. 하지만 내 애인을 뺏어 복수하겠단 생각은 없어 보였다. 나에 대한 원망이 부족했나 보다. 그에게 돈은, 필요한 것이지 소중한 것이 아니었다. 나는 좀 더 힘을 쓰기로 했다. 그한테 소중한 것을 모두 제거하자. 그를 외딴섬에 가둬 버렸다. 나는 그의 절규를 무시한 채 일상을 보냈다. 애인의 생일 즈음 그를 구하러 가니, 과연 그의 꼴은 볼만 했다. 겉모습의 모든 부분이 퍼석퍼석해지고, 전체적으로 비틀어졌으며, 눈에는 핏발이 섰다. 그는 모든 총기를 잃었다. 한마디로 생일 선물 자격에서 벗어났다. 나는 자책하며 그의 머리를 뎅강 잘라 냈다. 예쁘게 포장도 했다. 그의 머리통은 내가 노력했다는 증거로 전리품이라도 되어 주겠지. 애인의 생일잔치에서 내 선물 포장을 열었을 때 모두 혼비백산했다. 오직 내 애인만이 기쁘게 말했다.

"여러분! 애인이 내 소원을 이뤄 주었어요! 상사 그 망할

자식을 없애 줬다고요!"

그는 나를 꽉 껴안았다. 나는 아무럼 됐다, 하며 그의 품 안에서 지그시 눈을 감았다.

청자 투각 칠보무늬 향로

태초에 토끼 세 마리가 있었다. 토끼들은 당황스러웠다. 오직 한 가지 생각만이 떠올랐다.

'왜 우리밖에 없지?'

'태초'라는 건 그런 거였다. 더 많은 동료도, 다르게 생긴 아무 거라도, 그들에게 필요한 것도, 심지어 풀 한 포기조차도 없었다. 하지만 '태초의 생명'이란 그런 것들, 심지어 공기마저 없어도 살 수 있는 존재들이었다. 아니었다면 '태초의 시체들'이었겠지.

토끼들의 문제는 왜 하필 우리였냐는 거였다. 뭐 어쩌라고. 세상 밖 어딘가에 우리만 두고 간 다른 존재가 있을 것만 같았다. 그런 생각이라도 해야 이 막막함을 견딜 수 있을 것 같았다.

셋 다 이런 생각을 털어놨을 때, 한 토끼가 용기 있는 발언을 했다.

"그를 찾아가자."

다른 토끼도 나섰다.

"그래. 찾아가서 왜 우리만 두고 갔냐고, 뭐라도 만들어 달라고 따지자."

또 다른 토끼는 생각이 좀 달랐다.

'우리가 생각한 그런 존재가 있을까?'

그러나 잠자코 따라나섰다. 셋밖에 없는 사회에서 둘을 거스를 순 없었다. 그리고 달리 할 일도 없었다.

그들은 그 상태에서 뛰고 또 뛰었다. 그렇게 높이 높이 움직였다. 방향에 대해서 여러 의견이 있었지만 이동할 때 좀 더 재밌는 쪽을 택했다. 다양한 갈래로 흩어지자는 의견은 나오지 않았다. 다시 모일 방법이 없다는 이유보다 중요한 건, 그들은 그들의 수명을 모른다는 사실이었다. 혼자는 곧 최악의 고독을 뜻했다.

그들은 꾸준했다. '꾸준'은 시간의 개념이 들어간 말이다. '태초'가 끝났단 뜻이다. 무언가 셋의 귀를 구부러트리더니 이내 정수리에 콩 닿았다. 연꽃 봉우리였다. 그들은 연꽃을 감상했다.

황홀경을 깨고 조심성 있는 토끼가 물었다.

"우리를 두고 간 게 당신인가요?"

연꽃의 대답은 이랬다.

"..."

오랜 실랑이 끝에, 그들은 연꽃에게 뭘 기대할 수 없다는 결론을 내렸다. 한 가지 수확은 있었다. 이 연꽃은 미완의 존재라는 것. 연꽃의 봉우리가 서서히 벌어지고 있었다. 토끼들은 연꽃 밑에서 오랫동안 토론했다. 그들이 찾던 존재에 대해, 왜 연꽃은 우리처럼 완전한 존재가 아닌지에 대해, 토끼와 연꽃의 인연에 대해. 열띤 논쟁 중에 용감한 토끼가 이탈했다.

"우리가 연꽃을 완성해 보면 알겠지. 다들 당겨!"

그들은 세 방향으로 헤쳐 연꽃잎을 당겼다. 연꽃잎은 질겨 좀처럼 벌어지지 않았다. 그래도 토끼들은 죽을힘을 내 당겼다. 그것 외엔 삶의 의미가 없다는 듯이.

마침내 펑! 하고 연꽃이 열렸다. 토끼들은 나동그라졌다.

꽃비가 내렸다.

그뿐이었다. 토끼들은 다시 남은 생을 살아 낼 궁리를 해야 했다.

문화재 해설: 청자 투각 칠보무늬 향로

이 향로는 뚜껑과 몸체, 받침으로 이루어집니다. 뚜껑 한가운데에 연기가 빠져나가는 구멍이 있으며, 그 위에는 칠보무늬가 투각된 둥근 손잡이가 붙어 있습니다. 이 손잡이 덕분에 연기가 넓게 분산됩니다. 음각·양각·투각·퇴화·상감·첩화 등 다양한 기법이 사용된 걸작입니다.*

*국립중앙박물관, 『국립중앙박물관 100선』, 국립중앙박물관, 2006, 167쪽

백자 철화 토끼 모양 연적

그것은 손위 형제 뽀글이의 말에서 시작된 의문이었다.

"그대로 멈춰라! 너 지금 혀 어디에다 두고 있어?"

"어…. 어…. 입 안 바닥에 있는데?"

"틀렸어! 혀는 원래 입천장에 두는 거야."

그리고 그는 가 버렸다. 덕분에 내 혀는 입 안 허공에서 방황하게 됐다. 입 안에 깔자니 불편하고, 입천장에 붙이자니 괜히 무거웠다. 이대로 영영 삐걱거리게 될지도 모른다는 생각이 들었다. 짧은 내 평생 그렇게 두려운 기분은 처음이었다. 정신 없이 울고 있자 근처에 있던 삼촌이 달려와 나를 달랬다.

"왜 울고 있어? 뽀글이가 괴롭혔구나? 걔가 뭐라던?"

나는 어깨를 들썩이며 간신히 물었다.

"삼촌, 삼촌 혀는 어디 있어요?"

삼촌은 입꼬리를 한 번 꼬았다가 이내 씩 웃으며 말했다.

"삼촌 혀는 무지개 건너에 있어. 고약한 것을 먹었더니 토라져서 가 버렸어. 그러니까 너도 불량 식품만 먹으면 혀가 나 살려라, 하고 도망가 버린다?"

나는 코웃음을 쳤다. 삼촌의 혀는 삼촌이 말을 할 때마다 입 안을 자유롭게 누비고 있었다. 삼촌은 나를 완전히 애로 보고 있어. 역시 내 울음소리에 놀라 달려온 이모에게 고개를 돌렸다.

"이모 혀는 어디에 있어요?"

이모는 호탕하게 하하 웃더니 내 머리를 쓰다듬으며 말했다.

"이모 혀는 한여름의 크리스마스를 찾아갔어. 이모의 혀는 멋진 모험을 좋아하거든."

이모마저도 날 놀리다니! 나는 놀이터로 달려갔다. 그러곤 눈에 띄는 어린이마다 혀의 행방을 물었다. 그들은 흔쾌히 입을 벌려 혀를 보여 주었다. 나는 마지막으로 공원 옆 공사장 직원에게 물었다.

"혹시 혀를 어디에다 뒀는지 알아요?"

그는 친절하게 대답해 주었다.

"내 혀 말하는 거니? 글쎄, 어디 갔는지 도통 보이지 않아.

아마 멀리멀리 도망간 거 같은데 저어 쪽으로 가서 내 혀 좀 찾아 줄래?"

사건이 여기서 끝나기만 했어도 나는 어른들의 말을 기억해 두지 않았을 거다. 하지만 그들은 자신이 한 말을 허투루 흘리지 않았다. 삼촌은 별안간 애인과 결혼한다며 무지개떡을 돌렸고, 이모는 정말로 계절이 바뀐 남쪽 나라로 여행을 떠났다. 무엇보다 놀랄 만한 건 공사장 직원의 행방이었는데, 공사 중엔 매일같이 자리를 지켰던 그가 동네에서 흔적도 없이 사라졌었다. 나는 그가 혀를 찾으러 갔으리라 확신했다. 문득 무서워졌다. 그럼 그들 입 속에서 보였던 건 뭐지?

문방구에서 편지지를 사와 미래의 나에게 편지를 썼다. 어른이 되더라도 이 총명함을 가지고 살아가라고, 적어도 본인 몸이 어디에 있는지는 알라는 엄숙한 편지였다. 이제 이 편지를 잘 보관하기만 하면 됐다. 어른들에게 보관하기에는 귀중한 편지였다. 그들은 뒤돌아서자마자 열어 볼 게 분명했다. 그들의 평화로운 착각에 혼란을 줄 필요는 없지. 나는 믿고 맡길 사람을 하나 알았다. 뽀글이었다.

"뽀글이, 내 남은 세뱃돈 다 줄 테니 이걸 보관해 줘. 중요한 종이야."

"이게 뭔데? 삼촌 청첩장 나온 거야?"

"묻지 말고 맡아 줘. 원하면 매년 내 세뱃돈 반의 반을 가

저가도 좋아."

"이리 줘."

뽀글이는 내 편지를 확 뺏더니 그 자리에서 북북 찢어 보았다. 내가 놀라서 굳어 있는 사이, 편지 내용을 소리 내 읽어 나갔다. 그러곤 깔깔 웃으며 말했다.

"바보야! 혀가 어디 있는지 기억하라니? 소용없어. 세상에 기억해야 할 게 혀만 있는 줄 알아? 넌 이제부터 침 삼키는 거랑 눈 감았다 뜨는 거랑, 심지어 숨 쉬는 것까지 신경 써야 할 거야!"

그 말을 끝으로 나는 앞으로 고꾸라졌다. 다섯 개의 장난은 한 사람을 망가트리는 데 충분했다.

참고 문헌

단행본

국립중앙박물관, 『국립중앙박물관 100선』, 국립중앙박물관, 2006

국립중앙박물관, 『국립중앙박물관 핸드북』, 국립중앙박물관, 2014

국립중앙박물관, 『우리 강산을 그리다: 화가의 시선, 조선시대 실경산수화』, 국립중앙박물관, 2019

안휘준·전양모 외, 『한국의 미, 최고의 예술품을 찾아서 1: 회화 공예』, 돌베개, 2007

웹사이트

문화재청 국가문화유산포털(http://www.heritage.go.kr)

한국민족문화대백과사전(https://encykorea.aks.ac.kr)

국립중앙박물관 공공저작물 이용 내역

제1유형:

연리문개구리형모자연적(38쪽)

가지무늬토기(43쪽)

매화나무 위의 졸고 있는 새(48쪽)

백자 무릎 모양 연적(52쪽)

참새와 고양이(54쪽)

청자 연리 무늬 합(89쪽)

백자 철화 토끼 모양 연적(101쪽)

제4유형:

청동은입사포류수금문정병(25쪽)

청자상감운학문매병(30쪽)

금동미륵보살반가사유상(국보 제78호 및 국보 제83호, 64쪽)

방상씨탈(78쪽)

백자철화수뉴문병(84쪽)

정토사홍법국사실상탑(92쪽)

청자투각칠보문향로(96쪽)

숨 시리즈 7
중박잡문: 국립중앙박물관 잡문
ⓒ 김혜린 2020

초판 1쇄 발행 2020년 8월 23일

지은이 김혜린
펴낸이 홍예지
편집인 홍예지
디자인 김소연 홍예지

펴낸곳 아름다움
출판등록 2018년 1월 8일 제 2018-000001호
주소 08786 서울 관악구 청룡3길 43(봉천동) 301호
전자우편 areumdaumbooks@gmail.com
팩스 02) 6008-6477
문의전화 010-6555-0273 (대표)
홈페이지 https://areumdaumbooks.modoo.at/
페이스북/인스타그램 @areumdaumbooks

ISBN 979-11-962859-8-2

이 도서의 판권은 지은이와 아름다움에 있습니다. 이 도서 내용의 전부 또는 일부를 재사용하려면 반드시 양측의 서면 동의를 받아야 합니다.

이 도서의 국립중앙도서관 출판예정도서목록(CIP)은 서지정보유통지원시스템 홈페이지(http://seoji.nl.go.kr)와 국가자료종합목록시스템(http://www.nl.go.kr/kolisnet)에서 이용하실 수 있습니다.
(CIP제어번호 : CIP2020032681)